JN067762

自分自身を生きるには

森の聖人ソローとミューアの言葉

牧野 森太郎

産業編集センター

はじめに

　ぼくが小さなキャンピングカーを買って、アメリカ旅行を始めたのは２００１年でした。ロサンジェルスに住む友人の自動車修理工場にクルマを置かせてもらい、仕事がひと段落するたびに１週間、２週間とキャンプ旅行に出かけました。

　そして、もっとアメリカの自然を知りたいと思い、２００８年には念願のアメリカ一周も達成。その記録は『アメリカ 国立公園 絶景・大自然の旅』（小社／刊）にまとめました。

　その後、愛車は手放しましたが、アメリカ国立公園の旅はライフワークとして続けています。２０１７年にはウォールデン湖、２０１９年にはジョン・ミューア・トレイル踏破と聖地巡礼も果たしました。

旅を始めた当初は、スケールの大きな大自然（ウィルダネス）に感動するばかりでしたが、次第に旅の喜びが変化してきました。テントを設営し、食事の用意をし、焚き火をおこす。深い森の中で一人きりで過ごす夜が、かけがえのない時間になっていったのです。今までに感じたことのない、「不思議な幸福感」でした。そして、面白いことに、それまで古臭くてあまり好きじゃなかった「森太郎《しんたろう》」という自分の名前が急に好きになりました。

そんな旅を繰り返すうちに、ジョン・ミューアの存在を知りました。自然保護を訴え、国立公園の礎を築いた人物です。この人がいなければ、この素晴らしい自然は破壊されていたのか、と思うと、父親を尊敬するような気持ちになりました。

また、大学生の頃に読んでチンプンカンプンだった、ヘンリー・ソローの『ウォールデン 森の生活』をランタンの下で読み直しました。すると、そこに描かれている、シンプルな生活や動植物を友達と呼ぶ感覚に、初めて共感することができました。そして、共感できた自分がうれしくなりました。

2020年にコロナウイルスが蔓延し、人々の生活が一変しました。都市が封鎖されるなどSF映画でしか考えていなかったことでした。

しかし、これは血眼になって物質社会を追求し、ひとつの価値観に凝り固まった人間に対する、愛情がこもった平手打ちだったのではないでしょうか。

おい、ちょっと立ち止まって、振り返ってみろよ、と。

今回、ソローとミューアの名言をまとめるチャンスに恵まれ、僭越ながら、彼らの言葉から、ぼくが感じたことを書かせていただきました。憧れのふたりとコラボできるとは、これ以上の幸せはありません。

自然を愛しシンプルに生きるために、わざわざ遠くへ旅行する必要はありません。ちょっと意識を変えるだけで、日々の暮らしが輝くはずです。

この本が少しでもそのヒントになれば、ますます幸せです。

２０２１年４月

牧野森太郎

目次

注記：本作中には現在の人権意識からすると不適切な表現がみられますが、作品の歴史的価値を尊重しオリジナルのまま掲載している箇所があります。

●ソローについて

Henry David Thoreau

ヘンリー・デイヴィッド・ソロー
（1817年7月12日-1862年5月6日）

アメリカ建国と因縁深い、東海岸の小さな町、コンコード出身。森の中に丸太小屋を建て、自給自足をした２年あまりの生活を綴った『ウォールデン　森の生活』が語り継がれる名作に。
日本でも、アウトドア愛好家に信奉者が多い。「孤高の人」と言われることが多いが、週に何度かは森から町に出かけていて、人との繋がりも大事にしていた。

●ミューアについて

John Muir

ジョン・ミューア
（1838年4月21日-1914年12月24日）

アメリカのナチュラリストの草分け的存在。ヨセミテ渓谷が氷河によって削られてできたことを発見。森林伐採、ダム工事がもたらす影響について説き、自然保護、国立公園制定の礎を築いた。
彼の開拓したジョンミューアトレイルを歩くツアーが、日本のアウトドア愛好家、トレイルラン愛好家の間で人気。

二人の森の聖人

序章

ヘンリー・ソローとウォールデン湖について知っておきたいこと

『ウォールデン　森の生活』で知られるヘンリー・デイヴィッド・ソローについて、みなさんはどんな印象を持っていますか。人里離れた深い森の中で思索にふける、孤高の哲学者でしょうか。ぼくも最初はそんなイメージでした。でも、ソローは仙人のような隠遁者ではありません。

ソローは1817年にボストンに近いコンコードという町に生まれました。当時のコンコードは人口が2000人ほどの小さな村でした。ソローの父はえんぴつ工場を経営していましたが、ソローは兄や姉と同じ教師を志しました。しかし、いくら面接を受けても採用通知はもらえませんでした。

ソローは、ある日、ラルフ・ワルド・エマーソンと出会います。エマーソンはコンコードに住む思想家で、『自然/Nature』と題した著作で名を上げていました。ソローは14歳年上のエマーソンを父親のように慕い、彼の指導の下に日記をつけるようになります。そして、28歳のときにウォールデン湖の湖畔に小屋を建てて半自給自足の生活を始めました。実は、その土地もエマーソンのものでした。

ウォールデン湖はコンコードから1・6キロしか離れていません。毎日のように誰かが訪ねてくる距離で、ソローも用事があると町に出ていきました。ぼくもウォールデン湖を訪ねましたが、森は鬱蒼としているわけではなく、むしろ里山という感じでした。彼は、社会とコミュニケーションを取りながらひとりの時間を楽しんでいたのです。

ソローは湖畔で暮らした2年2カ月と2日間、日記をつけ続けました。それを後にまとめて出版したのが『ウォールデン　森の生活』なのです。

ウォールデン湖

ジョン・ミューアとヨセミテについて知っておきたいこと

ジョン・ミューアは「自然保護の父」と言われる人物で、国立公園の概念を築いたことで知られます。彼がこの世にいなければ、世界中の自然はもっと開発と破壊が進んでいたことでしょう。

ミューアは1838年にスコットランドに生まれました。父親は狂信的ともいえる厳格なプロテスタントで、子どもたちを厳しく育てました。ミューアが11歳のとき、父親の独断で一家はアメリカに移住しウィスコンシン州に入植しました。ミューアは父親の農業を手伝いながら学校に通いましたが、22歳のとき、自分の力を試したいと家を出ました。そして、植物採集をしながら放浪の旅に出たのです。

当初、目的地は南米のアマゾンでしたが、途中で病気になり、仕方なくカリフォルニアに流れ着きます。当時のサンフランシスコはすでに大都会で、ミューアは息が詰まりそうになりました。そして、偶然出会った人に「どこでもいい、ワイルドなところに行きたい」と訴え、ついにヨセミテに入ったのです。

彼はヨセミテの美しさ、雄大さに圧倒されます。そして、衝き動かされるように広大な山を歩き回り、独自の調査、研究を積み重ねていきました。

ミューアはヨセミテへの愛を深めると同時に、ある「音」に怯え始めました。それは開発と文明の靴音です。彼は美しい山と森を守りたいと考えました。そして、友人たちに背中を押されて新聞に記事を送るようになり、やがて自然保護という概念を確立したのです。

現在、ヨセミテ国立公園の中心は世界有数の観光地となり人で溢れています。一方でジョン・ミューア・トレイルと名づけられた山奥の道は、彼が感動したままの景観が保たれています。

ヨセミテ国立公園

ふたりが生きた19世紀は西部開拓と近代化の時代だった

１７７６年に東部13州で独立宣言を果したアメリカの次の目標は、広大な国土を開拓し夢を追い求めることでした。

１８０４年、ルイス・クラーク隊はミズーリ州セントルイスに近いイリノイ州ハートフォードから西部探検に出発しました。一行の移動手段は平底船と丸木船、川と水路を西へ西へと進んだのです。西部劇に描かれる陸路による開拓は１８６０年以降の話です。

１８３０年代に鉄道の技術が伝わると、東部には鉄道網が整備されました。科学や技術の進歩による産業資本主義の発展とともに、人々の暮らしは格段に向上しました。

一方、西海岸では１８４８年にゴールドラッシュが起こり、また海路の玄関口としてサンフランシスコが栄えました。ニューヨークとサンフランシスコを結ぶ大陸横断鉄道は国の威信をかけた大事業となり、１８６９年の開通は「アメリカがひとつになった瞬間」と称されました。

近代化にとっての邪魔者とされたのが前近代の象徴であるインディアンの存在でした。白人はインディアンから土地を奪い、彼らを居留地へ押し込めました。インディアンとの争いは１８９０年の「ウンデット・ニーの虐殺」で終結し、アメリカはフロンティアの消滅（つまり、勝利）を宣言しました。

また、奴隷解放を掲げたリンカーンが大統領に就任すると、１８６１年、奴隷制度存続を訴える南部と北部の間で南北戦争が勃発します。19世紀はまさにアメリカが近代国家に脱皮する激動の時代だったのです。

ソロー、ミューア、ふたりをつなぐエマーソン

ソローとミューアは、ほぼ同じ時代を生きましたが大陸の東西に離れていたため、直接、言葉を交わすことはありませんでした。しかし、ふたりをつなぐキーとなる人物がいました。それが、ラルフ・ワルド・エマーソンです。

エマーソンは19世紀のアメリカを代表する思想家で、生涯に1500回もの講演を行いました。客観的な経験論よりも主観的な直感を重視する超越主義を唱え、1836年に発表した『自然／Nature』は若者たちに衝撃を与えました。そのなかで、彼は「人間は自然と緊密な関係を保つときが最も崇高だ」と説いています。

ボストンからコンコードに移ったエマーソンは、すぐにソローと知り合います。ソローはエマーソンの影響を強く受け、周囲から「エマーソンの受け売り」と揶

揄されることもありました。森の中での生活を始めてからもエマーソンの家に招待され、たびたび夕食を共にしています。

ミューアは22歳のときに、ウィスコンシン大学でカー夫妻に出会いました。ミューアは夫妻の指導で読書に没頭し、そのなかでエマーソンの『自然／Nature』を読んで感銘を受けました。この本が後のミューアの自然保護思想に大きな影響を与えたことは間違いありません。

１８７１年、エマーソンは弟子たちを連れてヨセミテにやってきました。ミューア33歳、エマーソン68歳のときでした。ミューアは憧れの人を前にして自分がいかにヨセミテの自然を愛しているか、幾晩にもわたって切々と語ったと伝えられています。

１８９３年、ミューアは東海岸を旅行した際にコンコードを訪れ、エマーソンとソローの墓を参っています。『ウォールデン　森の生活』はミューアの愛読書でした。

ジョン・ミューア・トレイル

貧しさと豊かさについて、ちょっと考えてみる

「貧しい」という言葉から何を連想しますか。貧しい家庭、貧しい食生活……。自然と「お金」を基準にした評価をしてしまいますね。逆に、豊かな家庭といえばどうでしょう。欲しいものがなんでもあり、高級な品物がそろう家でしょうか。

ぼくもバブル期にサラリーマンをしていたので、しっかりと物質主義を経験しました。値が張る服を買い、夜遅くまで飲んでタクシーで帰りました。今、思えば無駄な消費だったと反省しています。今は着心地のいいトレーナーが一着あれば満足です。

先日、家のウォシュレットが故障しました。修理を頼むと、耐用年数の3年を過ぎていて、部品がないといいます。「え、もう10年も経っているんですか、ト

イレごと交換したほうがいいですよ。そのうち水漏れが始まりますから」と勧められました。なんだか納得がいかず、ウォシュレットがない生活になりました。世界のほとんどの人が使ってないと思えば不便でも何でもありません。

ソローもミューアも都会の華美な暮らしを毛嫌いしました。そして、質素な生活こそ美しいと説きました。

高級な服が貧しく、何度も直して使える靴が豊か。豪華な夕食が貧しく、自分で収穫した豆のスープが豊か。特急列車が貧しく、歩くことが豊か。

コロナの蔓延でお金を使わなくなった、という話を聞きます。自分にとって何が豊かなのか、考えるいい機会です。２、３歩バックしてみるのもいいでしょう。

自然の中を歩くことは、なぜ必要なのか

ソローは毎日4時間、森の中を歩いたといいます。彼の行動範囲は半径16キロくらいだったと考えられています。ウォールデン湖は町から1・6キロしか離れていないわけですから、森といっても里山のようなところを歩いていたのでしょう。それにしても、毎日4時間も歩いていたら、同じ景色を何度も繰り返し見たことになります。いくらなんでも飽きたりしないのでしょうか。

それに対して、ソローはこう書いています。

「風景を知り尽くすことなど出来ないのである」

自然は毎日、いや刻一刻と変化します。それを注意深く観察しながら歩けば、毎日、新鮮な出会いと気づきに恵まれるというのです。

文化人類学者の今福龍太氏は『ヘンリー・ソロー　野生の学舎』のなかで、walk と saunter を対比しています。walk はただ歩くこと、健康のために歩くウォーキングも含まれます。それに対して saunter は思索や観察をしながら歩くことで、「逍遙」という単語を当てています。

逍遙は物理的には外に向かっての移動ですが、精神的に自分の内面に向かう行為でもあったといえます。僧侶は修行のために読経します。ヨガはポーズをとって心を開きます。ソローにとって歩くことは自然に向かって心を開く行為であり、飽きることなどなかったのでしょう。

仕事に疲れ、溢れかえる情報に辟易したとき、逍遙してみてはいかがですか。家の近くの公園でも、きっと発見があるはずです。

アメリカの国立公園と日本の国立公園、どっちもすごい！

ぼくはアメリカの国立公園に魅せられて旅行をしてきました。その一番の魅力は、やはりダイナミックな景観、大自然です。初めてグランドキャニオンの谷を見下ろしたときは、度肝を抜かれるほどの衝撃を受けました。

一方、日本の国立公園もその歴史は意外と古く、明治時代には草案ができていたそうです。これから日本が世界の国々と伍していくためには自然保護も重要だ、と考えられたのです。かなりモダンな思考といえますね。最初の制定は１９３４（昭和７）年、瀬戸内、雲仙、霧島の３カ所でした。現在は全国に34の国立公園があります。

アメリカと日本の国立公園には決定的な違いがあります。アメリカの国立公園はほぼ100%が国有地で、人が勝手に入ることはできません。園内での規則も厳しく、樹木や動物が計画的に管理・保護されています。

かたや、日本の国立公園は園内に人が住んでいるのが特徴です。私有地は全体で26%もあり、伊勢志摩国立公園は90%以上が私有地です。人が住んでいるということは生活があります。食、建築、工芸、神社仏閣、お祭り、里山、農業、漁業が国立公園内に息づいているのです。

海外旅行が一般的になったバブル期以降、国立公園の人気は衰退しましたが、環境省がインバウンド向けのPRを強化してから注目度が上昇しました。海外では日本の国立公園の評価はとても高いのだそうです。見直す価値がありそうです。

孤独を味わう

1

Henry
David
Thoreau

Words
001

誰かと一緒にいると、
その人が最高に気の合う人であっても、次第に疲れてくる。
私にとってひとりでいるときが一番、
素晴らしい友と一緒にいる時間だ。

（ソロー）

あなたには親友がいますか？　即座に「はい」と答えられた人は幸せな人です。あるいは家族こそが「人生の宝」、と言える人も立派です。

そんな大事な人と一緒に旅行に行ければ、最高ですね。でも、どうでしょう。最初の2、3日はいいとしても、5日も6日も同じ部屋で寝起きして一緒にいると疲れてきませんか？　どんなに親しい人でもまったく気を遣わないことは不可能です。

多くの人は携帯電話の電源を常にオンにしているでしょう。仕事でパソコンを使う人は、一日中モニターの前で過ごします。たとえ面と向かっていなくても、機器の前にいることは誰かと一緒にいることです。

ぼくは休憩するときはパソコンの電源をオフにします。スマホもオフにします。そうすると、脳や肩の緊張が解けた感じがします。それからゆっくりとコーヒーを淹れて、新聞を開くと、ようやく休憩した気分になります。

John Muir

Words

002

荷物など持たずに、
沈黙のまま大自然の中心に入る。
ほかの旅に必要なつまらないものは一切不要だ。
（ミューア）

『アルケミスト』や『星の巡礼』で知られる小説家、パウロ・コエーリョは、旅には減らせるものがふたつあると言っています。ひとつは荷物。たったこれだけで人間は生きていけるのか、というほどの最小限をリュックに詰めます。普段、いかに必要ないものを抱え込んでいるか、知る機会にもなります。ふたつめは、言葉。自分を飾り立てる言葉は旅には不要です。裏返せば、大きなスーツケースを引いて、ぺちゃくちゃ賑やかな団体旅行は旅とは言えません。

深い山のなかを黙々と歩くとき、自分が裸でいるような気分になったことがあります。そう感じられるときは、きっと自然と正しく交信ができているのだと思います。

Henry
David
Thoreau
Words
003

孤独は、心を許せる友達だ。
それなのに孤独はいつも嫌われる。

（ソロー）

３年ほど前にシーカヤックを買いました。家から幕張の浜まで２００メートルくらいなので、専用の車輪をつけてガラガラとリアカーのように引いていきます。一応、魚釣りが目的なので、釣竿を一本持っていきますが、釣れなくてもあまり気にしません。沖へは、せいぜい１００メートルくらいしか出ませんが、けっこうな孤独感を味わえます。普段から束縛された生活を送っているわけではありませんが、いつもとは違う自由を感じます。海の上にポツンといると、孤独と自由は同義だと改めて感じます。

一羽の鳥が様子を見に飛んできたかと思うと、突然、水面からボラが飛び出して驚かされます。そして、時折、魚が針にかかると、とても幸せになります。

Henry
David
Thoreau
Words
004

私は牧場に咲く一本のモウズイカやタンポポ、
豆の葉やスイバ、アブ、マルハナバチと同じように、
ちっとも寂しくない。
北極星、南風、4月のにわか雨、1月の雪解け、
新しい家の蜘蛛が寂しくないのと同じように。

（ソロー）

コロナ禍で学校や会社に行けなくなり、人と会う機会が減ってしまいました。一人暮らしの人は、「今日は誰にも会わなかった」という日もあるかもしれません。そんなときに、あなたは「寂しい、孤独だ」と感じるでしょうか。

英語には、孤独をあらわす言葉がふたつあります。loneliness と solitude です。それぞれの意味をオンライン版ロングマン現代英英辞典で調べてみると、loneliness は「ひとりで、(あるいは) 話す相手がいなくて不幸せ (unhappy)」、solitude は「ひとりの時間。特にそれを楽しめるとき」とあります。そして、「本を読んだり散歩をしたりして、ひとりの時間を過ごした」という例文が挙げられています。

そう言われてみると、公園にぽつんと咲くタンポポも、花から花へ飛び回る蜂も、ちっとも寂しそうではありませんね。むしろ、毅然としている印象です。人間の社会では、solitude は貴重な時間です。人に囲まれ、情報に囲まれていると、孤独になっている暇なんてないからです。ひとりの時間を楽しむことは幸せと考えましょう。

それにしても、日本語で「孤独」というと悪いイメージばかりです。孤独死という怖い言葉もあります。

日本語には solitude に当たる単語がないか、と考えていたら、「孤高」が思い当たりました。ちょっと力が入ってカッコ良すぎるニュアンスですが、ポジティブな「孤」であることは共通しています。花畑を飛ぶ蜂は、孤独よりも孤高が似合います。

蜂には「孤高」という言葉が似合う　Adobe Stock より

John Muir

Words

005

セコイアほど、印象的かつ示唆的な眼差しで
長く世界を見続けてきた者はいない。

（ミューア）

もう地球上に「未踏の地」はありません。自然に対して畏れを感じることもなくなりました。人間は世界中の山に醜い機械を持ち込み、樹を切り倒して服従させたつもりなのでしょう。

初めてセコイア国立公園に行ったのは、２００２年10月でした。穏やかな日でしたが、すでにシーズンオフでキャンプグラウンドに人影はありません。セコイアの巨木に囲まれながら、ぼくは一人きりで2泊3日を過ごしました。

米粒より小さい種が発芽し、２０００年もかけて世界最大の樹に育つことをレンジャーに教えてもらいました。見たこともない大きな松ぼっくりに目を見張りました。

Henry David Thoreau

Words

006

質素に、質素に、さらに質素に生きよう！
関わる事柄は二つか三つで十分。
変な面倒には関わらず、せいぜい五つか六つにしよう。
お金や暮らしの細かなメモは、
親指の爪に書けるくらいがちょうどいい。

（ソロー）

年をとっても元気な人は、いろいろなことに首を突っ込みがちです。積極的に生きるのはいいことですが、人との関わりが多くなると煩わしさも増えます。いくら気が合う人でも、それがたとえ家族でも、ストレスはゼロにはなりません。人づきあいは、ほどほどがいいようです。

なかには、ひとりでは退屈だ、ボケてしまう、と言う人がいます。そういう人には、山歩きか、読書や楽器がおすすめです。ソローのように日記や手紙を書いてみるのもいいでしょう。自分が歩いてきた人生が見えてくるかもしれません。

John Muir

Words

007

この世に生まれたほとんどの人は
赤ん坊のまま生涯を終える。
能力は天日で乾燥した種子のように閉じ込められている。

（ミューア）

小学生のときに聞いた大賀ハスの話は、今でも印象深く覚えています。2000年も前のハスの実が発芽して花を咲かせたという話です。子供ながらに、命の深遠さ、植物の種子の賢さに驚きました。そういえば、何年も前に園芸店で買ったままだったラディッシュの種を植えてみたら、きちんと芽が出て成長しました。

ソローは木製のダイニングテーブルから甲虫が出てきた話を書いています。木の幹に生みつけられた卵がテーブルの天板の中で孵り、成虫に成長して出てきたというのです。しばらく前から、カリカリと木を齧る音が聞こえていたというから傑作ですね。

人間の能力は、まだ1%も発揮されていないのでしょうか。

Henry
David
Thoreau
Words
008

雨は温かで、やさしく力になってくれる仲間だ。
私は雨の滴ひとつひとつに、雨の音すべてに、
そして雨の情景のどこにも、
言葉で言い表せない親しみと友情を感じた。

（ソロー）

マレーシアのマラッカに古い家を借りて住んでいたことがあります。家の一部に井戸があり、その部分は屋根もない吹き抜けになっていました。

ぼくが一番好きだった2階の居間は吹き抜けに面していて、半ば外にいるようなものです。雨が降ってくると、雨の気配や音が部屋に満ちてきました。誰かが遊びにきたようで、雨とあれほど親密になれるとは思いませんでした。

日本は雨が多い国で、雨にまつわる言葉がたくさんあります。驟雨、霖雨、五月雨、氷雨、村雨、天泣、小糠雨、緑雨などなど。雨粒に心を開けば、また友達がひとり増えます。

Henry
David
Thoreau

Words
009

私には孤独が必要だ。
夕暮れどきに丘にきたのは、山々の輪郭を眺めるためだ。
山の眺めは勇気を与えてくれる。
人々に交際を求めるときのお仕着せの愛想など、
そこでは無用だ。

（ソロー）

アメリカの国立公園を旅しているときに感動したのは、雲でした。雲はダイナミックな自然を劇的に彩る名脇役です。しかも、刻々と変化します。雲がなければ、せっかくの山の美しさも半減です。さすが、自然が大きい国は雲も違う、と感心したものです。

ところが、東京から幕張に引っ越して腰を抜かしました。海岸を散歩していると、そこに劇的な雲が広がっているではありませんか。東京ではビルに隠れて、広い空と雲が見えなかっただけなのです。

日の出、日の入りの雲は特に見事です。引っ越した土地で大切な友人ができました。

Henry
David
Thoreau

Words
010

人づきあいが下手で、いつもふさぎ込んでいる人でも、
自然の中ならきっと仲間が見つかる。

（ソロー）

いじめや差別、虐待といった嫌なニュースが、連日、報道されています。思わず新聞の記事から目を逸らすほど残酷な話もあります。弱い立場の人たちに対するハラスメントほど卑怯な行為はありません。

ソローは、金儲けや効率化ばかりを追求する人たちを「正気じゃない」と斬り捨てています。人間は150年以上にわたり効率化ばかりを追い求めてきました。もう弓を目一杯に引いて、これ以上無理だ、というところまで引き絞っています。それでもまだ引き続けるのでしょうか。そんな社会で健全な精神を保てという方が無理です。正気の沙汰ではありません。

小学校の教科書をすべてデジタルにする検討が進んでいます。ダブレットの中のバーチャルな世界でしか友達が作れなくなったら大変です。

ゆっくり歩く

2

John Muir

Words

011

流れる水の言葉を学んだ者は、
暗闇の中でもその文字を見分けられる。

（ミューア）

川の流れ、水の流れは、いつまで見ていても飽きることがありません。焚き火の炎も同じです。寒い夜に一人で焚き火を始めると、炎を見ているだけで満ち足りてきて、何時間でも過ごすことができます。

このような不規則なリズムを「1／fゆらぎ」というのだそうです。生体のリズムが1／fゆらぎに則っているため、精神が安定するといわれています。理屈はよく分かりませんが、体感的には納得できます。木漏れ日、風で揺れる枝、星の瞬き、海岸に打ち寄せる波など、心地よいゆらぎは自然界にたくさんあります。

デジタルで埋め尽くされた生活をしていると、いつの間にか神経が疲れます。少し窓を開けて、風を入れるとゆらぎが生じてリラックスできます。

Henry
David
Thoreau

Words
012

ガンの暮らしをみてみよう。
朝食をカナダで取り、昼食はオハイオ川の畔で。
そして、夜には南部の湿地で悠々と羽根を整える。

（ソロー）

キャンピングカーでアメリカを旅行をしているとき、ひとりの年配者に出会いました。彼は古いモーターホームで小型のトレーラーを牽引していました。トレーラーは物置小屋のようで、中を見るとさまざまな遊び道具が満載でした。自転車、キャンプ用品一式、釣り竿、カヌー、スキー、スキューバ、登山靴、自動車修理の工具など。まるでおもちゃ箱です。

ぼくは思わず、「どれくらいこのクルマで旅をしているんですか」と聞きました。彼の答えは、「13年」。……この人には負けた、と思いました。

しかし、ガンに比べれば、旅の達人も顔負けです。上には上がいるのです。

John Muir

Words

013

私は押し黙ったまま放浪を続けた。
貧しくもあり、豊かでもあった。

（ミューア）

ジョン・ミューアは29歳のときに長い旅に出ます。それは、インディアナ州からケンタッキー、テネシーを抜け、フロリダに至るまでの植物採集旅行でした。行程は1600キロ。それも徒歩で！　野宿をしたり、見知らぬ家に泊めてもらいながらの旅。最後は所持金が25セントしかなくなり、1日の食事はクラッカー数枚だけになりました。

それでもジョンは幸せでした。南部の植物は、それまで暮らしてきた北部とはまったく違い、見るものがすべて新鮮だったからです。

実は、彼の目的地はアマゾンでした。それもベネズエラからアマゾンの源流に入り、そこで筏を組んで大西洋までアマゾン川を下るというのですから、とんでもない話です。しかし、幸いにも（?）マラリアにかかり、それを断念。導かれるようにカリフォルニアに向かったのです。

Henry David Thoreau

Words 014

私の仕事は自然のなかに神を見つけるために、
いつも注意深くしていることだ。

（ソロー）

先日、俳人の黛まどかさんにインタビューをしました。黛さんは大学を卒業して大手銀行に就職しましたが、数字が苦手でまったく仕事が楽しくありません。この先どうしようか悩んでいるときに出会ったのが杉田久女の評伝小説で、それをきっかけに俳句に興味を持った、とお話してくれました。

俳句を始めてしばらくしたとき、駅まで行く道に咲いている小さなカタバミの花に目が止まりました。銀行に勤めていたときも咲いていたはずなのに、何年も気がつかなかった……。

「そんな心の余裕がなかったんでしょうね」

勤勉に働くことは美徳ですが、大切なものが見えなくなってはいけません。心の目を開いておくことが肝心です。

Henry David Thoreau

Words

015

19世紀は立ち止まって考え、
通り過ぎていくのを見守るくらいがちょうどいい。
（ソロー）

産業革命は1760年代から1830年代にイギリスで興った技術革新です。まず毛織物が機械化され、鉄鋼、印刷などが近代化されました。蒸気機関車が発明されたのが1804年、鉄道システムができたのは1830年代でした。その技術はすぐにアメリカに渡り、1850年代には東海岸からミシシッピ川東まで鉄道が延びました。

鉄道は発展の象徴でした。そのハイライトが大陸横断鉄道です。ユニオンパシフィック鉄道とセントラルパシフィック鉄道という2つの国策会社が東から西へ、西から東へと工事を進め、ついに1869年、ユタ州で鉄路は東西を結びました。それまでニューヨークからサンフランシスコへは、船でキューバに渡り、パナマ地峡を通って太平洋に出て、もう一度船に乗る数カ月かかる旅しか方法がありませんでした。それが一気に短縮され、大陸横断超特急は83時間39分で走ったと記録にあります。合衆国政府が「フロンティアの消滅」を宣言したのは1890年のことです。

また、1830年頃には、中産階級が急増し、ニューヨークは職人たちの町から金融と商業の拠点へと急成長しました。世の中が一気にスピードアップしたわけです。

21世紀もなんだか似ていませんか？　人々はウェブサイトとかいう蜘蛛の巣にがんじがらめになっています。24時間体制を強いられて、息が苦しいという人も多いはずです。

コロナは遠いところから発信された「一旦停止」の合図かもしれません。ちょっと立ち止まって深呼吸をしてみる必要がありそうです。

ヨセミテ滝

Henry
David
Thoreau

Words
016

大昔の人は自然を自由なテントにして暮らし、
渓谷を縫って進み、草原を横切り、山を登った。
私たちは地面に住み着き、今や天空を忘れてしまった。

（ソロー）

近年、アウトドアブームといわれます。女性のハイカーが多くなり、一人用のテントを担いでいくソロキャンプも人気です。完璧にシティ派だった人が、突然、アウトドア派になって周囲をびっくりさせたという話も聞きます。また、山道を走るトレイルランも愛好者が増えています。強者ランナーは昼夜を通して１６０キロも走り抜きます。

アウトドアに出ていく人たちは、自然の偉大さに気がついた人たちです。そのスタイルがどうであれ、気がついただけで素晴らしいことです。残念なことに、一生涯、自然の偉大さを知ることなく、都会の雑踏とゲーム機に埋没していく人もいます。

Henry David Thoreau

Words
017

私たちは、なぜこれほど闇雲に成功を急ぐのだろう。
あなたの歩調が他人の歩調と合わないなら、
それは心のドラムが違うリズムを刻んでいるからだ。

（ソロー）

通信システムが５Ｇに変わりました。これまで主流だった４Ｇより通信速度が規格上20倍以上になりました。正直なところ、そう言われてもさっぱり分かりません。今まで遅くて不便を感じたことなどありません。

アラスカに住み、アラスカの自然の豊かさを伝え続けた星野道夫さんが、アンデスのインディアンをガイドに雇った探検隊の話を紹介しています。目的地に向かっていたインディアンたちが突然、立ち止まり先に進まなくなりました。困ってどうしたのか尋ねると、こう言いました。

「私たちは速く進み過ぎて心を置き去りにしてしまった。心が追いつくまで時間を調整しなくてはならない」

自然にはちょうどいい速さがあるはずです。

John Muir
Words
018

森は賢くて強く、本質の部分で人間とよく似ている。
森の美しさ、形、声、香りはいつか体験した遠い記憶。
町に住む人間を初めて大きな森に連れてくると、
子どものときに学んだ美しさ、健やかさを思い出して、
彼は目を輝かせる。

（ミューア）

「人類の歴史は約700万年。人はその99・99％を自然のなかで過ごしてきました」と、千葉大学環境健康フィールド科学センターの宮崎良文教授は話しています。コンクリートとアスファルトで固めた都会では、悪いストレスを感じて当然、本来、人間が健全に生きる環境ではないのです。

森林浴が心をリラックスさせることは、科学的に証明されています。木が発散するフィトンチッドという香り物質が気持ちを和らげてくれるのです。それは、まさに私たちの先祖が「心地よい」「安心する」と感じていた匂いなのでしょう。森は私たちの故郷なのです。

宮崎教授は高校生を対象に実験を行い、バラや観葉植物を眺めるだけでもリラックス効果があったとしています。

木の茂る公園のベンチで30分ほど休憩して、大きなあくびでもしてみませんか。

John Muir

Words

019

記録されないものなど何もない。
木々の葉や雪の結晶、朝露のひとつひとつ。
そして、地震も雪崩れも、
すべてが「自然」という本に記録される。

（ミューア）

よく晴れた秋の日に十和田湖に取材に行きました。東京で勤めていた会社を辞めてレンジャーの資格を取り、十和田湖国立公園に着任した人の話を聞くためです。

彼に案内されて歩く広葉樹の森は素晴らしい景観でした。赤や黄色に色づいた葉が、はらはらと絶え間なく落ち続けています。山の頂上にあるカルデラ湖だから、流れ込む川が一本もなく、そのために水が透明であることも彼に教えてもらいました。また、奥入瀬渓谷を遡る「やませ」という湿った風が吹く東側と、雪が多い西側では気候や植生が違うことも知りました。

「春は植物の芽が出て新緑が広がります。毎日、森の様子が変わっていくんですよ。ぜひ、長く滞在してほしいですね」

そう話すレンジャーさんの顔はとても輝いていました。

Henry
David
Thoreau

Words
020

彼の魚釣りは単なる気晴らしでも、
生きるためでもなかった。
それは老人が聖書を読むような厳格な行為であり、
社会から距離を置くことであった。

（ソロー）

ぼくは30歳のときに初めて仕事仲間に釣りに連れていってもらいました。その体験はとても素晴らしく、釣りはぼくの一生の趣味になりました。

アイザック・ウォルトンの『釣魚大全』は、スポーツフィッシングのバイブル的名著です。ウォルトンは、そのなかで釣りの基本精神を２つ挙げています。ひとつは「キャッチ＆リリース」。ぼくたちは漁師ではありません。魚は釣り人の友人です。魚をぞんざいに扱ったり、無駄に殺してはいけません。ふたつ目は「ビー・クワイエット」。わいわい騒ぐ釣りは釣り人精神に反します。

まったく釣れないある日、友人が発した一言が、今でも胸に残っています。曰く「釣りは自分自身に向き合う行為だ」。だから、ぼくは釣れなくても釣りを楽しめます。

Henry David Thoreau

Words

021

私は、太陽が昇るのを手伝うわけではない。昇る太陽に立ち合い、見守ることが仕事なのだ。

（ソロー）

心臓はじめ人間の臓器は自律神経によって制御されています。また、消化液やホルモンの正しい分泌を司るのも自律神経です。メリハリのある交感神経と副交感神経の切り替えが健康な生活の秘訣です。

睡眠中に優勢な副交感神経神経をやる気モードの交感神経に切り替えるためには、きれいな朝日を浴びるのが一番です。体が目覚めて、気持ちが前向きになります。

また、睡眠ホルモンは朝日を浴びてから15時間後に分泌の準備が整います。朝7時に起きれば、夜10時に自然と眠くなるのです。「早寝早起き」ではなく、「早起き早寝」が基本なのです。ぼくも毎朝、海岸まで散歩して、朝日に向かってストレッチをしています。

Henry David Thoreau

Words

022

毎日、新たな知識が続々と流れ込んでくる。
それなのに、信じられないほどの
退屈を耐え忍んで生きなければならないとは、
どうしたことだ。

（ソロー）

ＩＴ企業に勤める友人は、１日に１００通もメールが来るそうです。「３日も会社を休むと、メールの返信だけで夕方までかかる」と、うんざりした表情で言います。話をしながら２台の携帯電話を器用に操作し、タブレットまで取り出しました。彼の頭の中がどんな状態になっているか、見てみたいものです。

それにしてもジャンクメールって、いったい何なんでしょう。文字どおり、ゴミですか。ゴミをせっせと作って、それを見ず知らずの人に送りつける仕事って嫌にならないのでしょうか。そんなことを言っているぼくは、きっと時代についていけていないんでしょうね。

古代の詩や神話によると、農耕は神聖な手仕事だった。

（ソロー）

ジョン・ミューア・トレイル

いくら足で近づいてみても、
ふたつの心は近づきはしないと知った。

（ソロー）

ひどく人嫌いでふさぎ込んでいる人でも、
自然の中なら仲間が見つかる。

（ソロー）

霜に凍る早朝のメドゥ

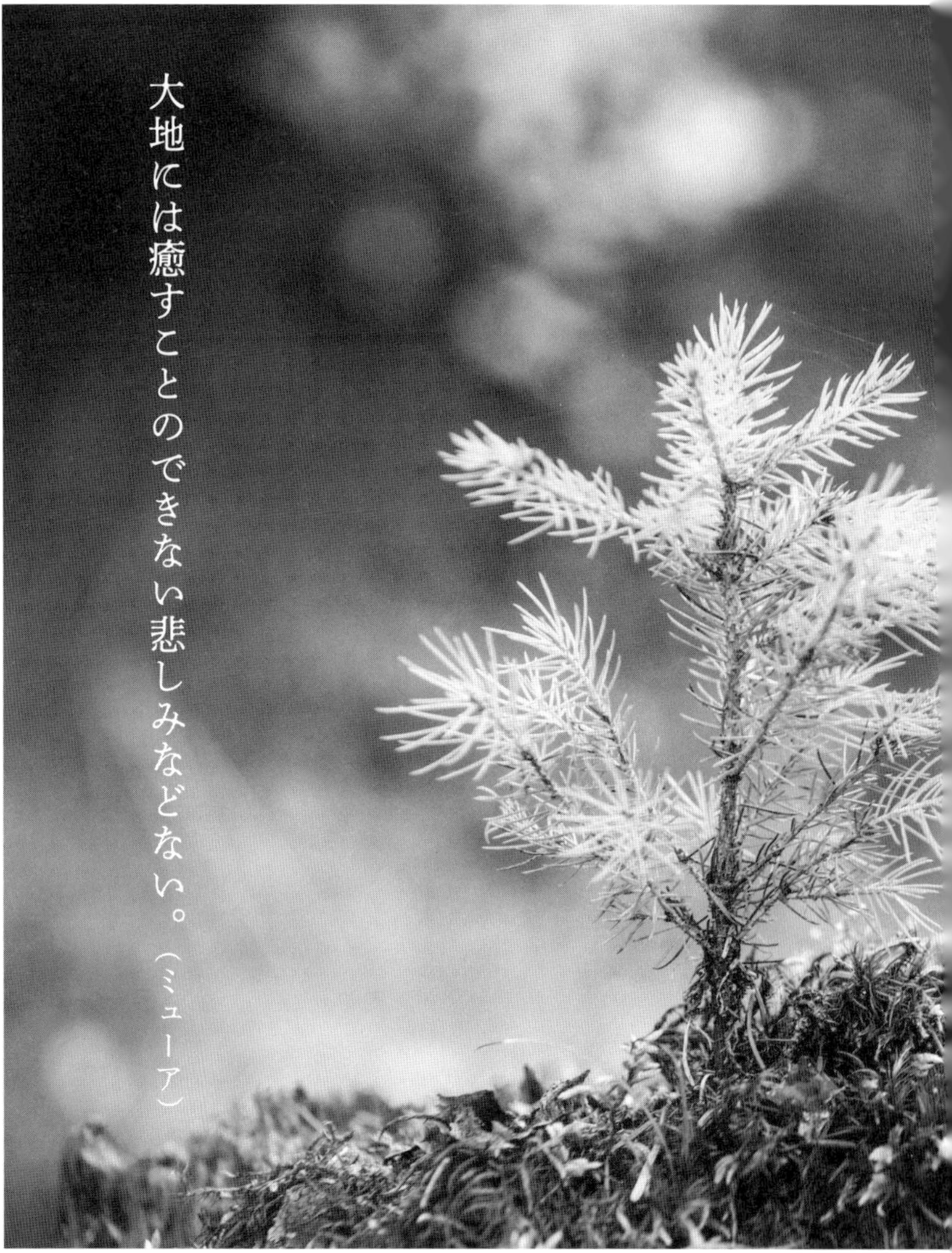

大地には癒すことのできない悲しみなどない。（ミューア）

生命の芽生え　Adobe Stock より

あまりに明るすぎる光はまぶしくて見えず、闇と同じだ。
私たちが目覚める夜明けこそが、真の光だ。

（ソロー）

マンモスレイク

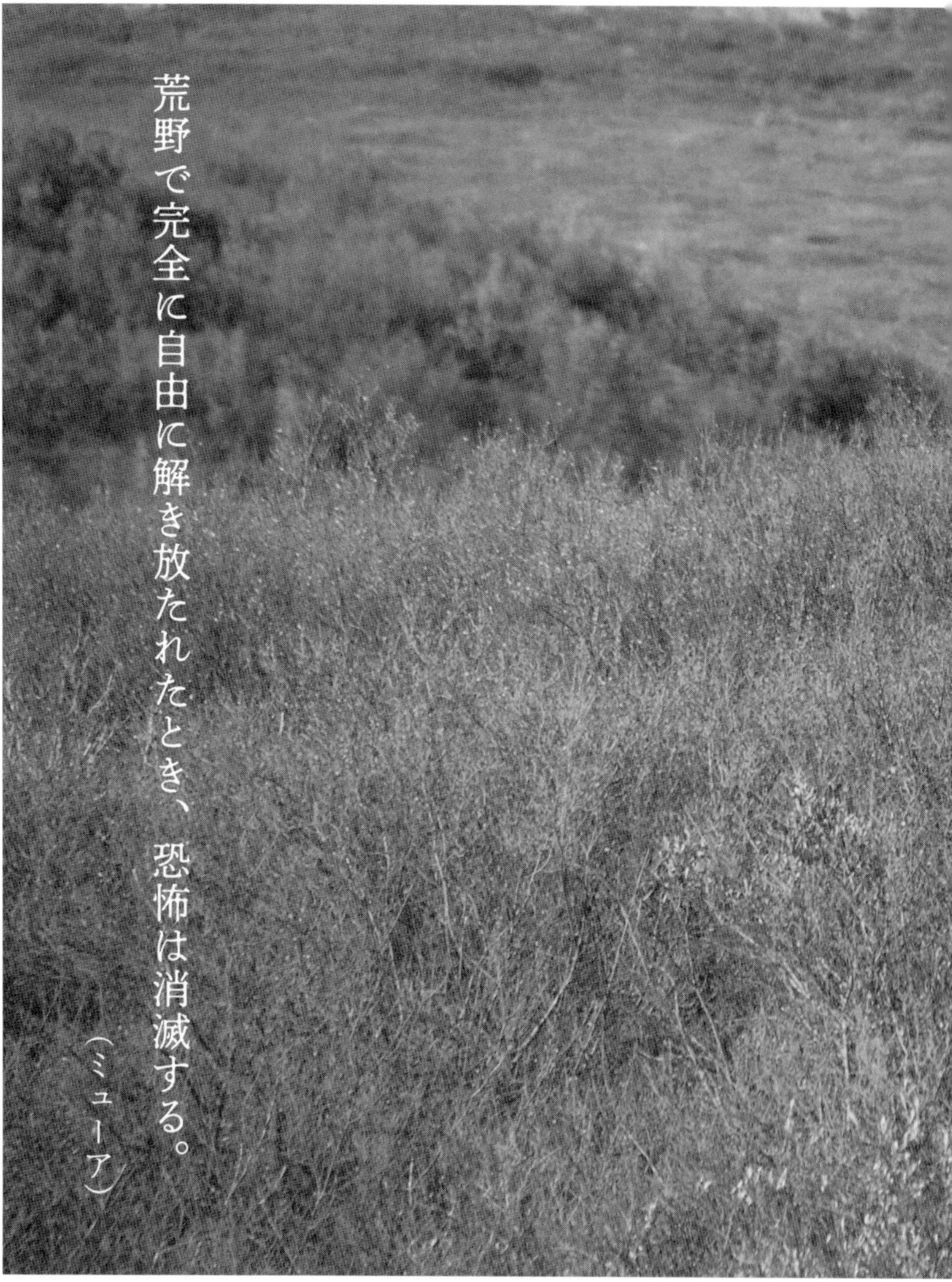

荒野で完全に自由に解き放たれたとき、恐怖は消滅する。
（ミューア）

デナリ国立公園

宇宙へいく確かな道は、大自然の森を通ることだ。

（ミューア）

人は自然の営みの一部

3

John Muir

Words 023

大自然のすべては生きていて、人間味にあふれている。
石でさえ話が好きで、気持ちが通じ合う兄弟のようだ。
みんな同じ父と母を持っているんだ。

（ミューア）

以前、全国の河原を歩いて石を探す人の話を聞いたことがあります。愛好家がいる趣味の一種で「探石」というのだそうです。その人が大事にしているのは、仏や人の形に見える石や、菊の花にそっくりな模様が出る特殊な石などでした。程度のいい石はなかなか見つかるものではなく、遠くまで出かけても成果なしで終わることもあるそうです。

石といえば大阪万博の「月の石」、と言ったら笑われるでしょうか。最近では、はやぶさ2が小惑星リュウグウから持ち帰った石が話題になりました。

石は喋りません。石は動きません。石は訴えません。でも、石はたくさんのことを知っています。石と心が通じる人をうらやましいと思います。

John Muir

Words

024

ある日、私は独りで深い森の中を歩いていた。
そこで、不死さえも完璧な幸せではないことを教えられた。

（ミューア）

人間が抱く究極の願望は、「永遠の命」でしょう。死を恐れない人はいないはずです。少しでも長く生きたい、死から逃れたい。その気持ちが漠大なお金と時間を費やして医療の進化を促します。シェークスピアの悲劇に登場する生き続ける亡霊は、その願望を逆手に取ったからこそ不気味なのです。

セコイアは最高樹齢３５００年が確認されていますが、実は不死説があります。セコイアが死ぬのは、崩落、落雷、伐採のみ。寿命を迎えて枯れる個体はないというのです。

もし、これが正しければ、ここにも人間を軽く越えた生物がいることになります。初めてセコイアの前に立ったときに感じた、身震いと畏れ。あれは正しかったのかもしれません。

Henry
David
Thoreau
Words
025

こうした極寒の冬の真っ只中でさえ、
湿地には温かな泉が湧き出す場所が必ずあって、
スゲやザゼンソウが常緑の葉を伸ばしている。
そんなところには、
よく元気な鳥がやってきて春を待っている。

（ソロー）

渡り鳥がより住み心地のいい環境を求めて移動することは、よく知られていま す。なかには何千キロも旅をする鳥もいます。その鳥たちは、どこに餌があるか、どこに子どもを育てるための安全な池があるかを知っているのです。同じことをやれ、と言われても人間には無理なことです。私たちには、せいぜい求人広告や不動産情報を調べることくらいが関の山です。

植物にも鳥と同じような能力があります。わざと動物や鳥に実を食べられて、種子を運ばせます。動物たちは気持ちのいい川沿いで用を足し、そこで植物は新しい芽を出すのです。また、わざと川の流れにポトリと種を落として、子孫を遠くに広げる植物もいます。まさに神業ですね。

家の近くの思わぬところに植物が生えていたら、きっとそこはいい水があるに違いありません。そっと観察して、植物の賢い能力を勉強しましょう。

John Muir

Words

026

天文学者は空を見る。 地質学者は地下を見る。
では、 誰が地球の表面を見る?
それは農夫だろう。
しかし、 彼らは麦の値段ばかりを気にするようになった。

（ミューア）

欧米では、農業は神聖な職業と考えられています。日本でも天皇が田植えの儀式を行います。国が豊かになるためには、農業が重要です。江戸時代も士農工商といい、武士の次に尊敬される仕事でした。

農業は植物を育て、家畜を飼育します。漁師は海に出て魚や貝をとります。農夫も漁師も、神から授かった命を扱う仕事です。それもまた神聖な仕事と認められる所以でしょう。ひたむきに農業に向きあった父の背中を見て育ったミューアは農夫を尊敬していました。

現代の農業には遺伝子組み換えやクローンなどの科学技術が遠慮なく入り込み、儲けだけを考える工業になってしまいました。

John
Muir

Words
027

嵐が近づくと、私はいそいそとその仲間に入る。
嵐の中で自然は特別な表情を見せる。

（ミューア）

アメリカをクルマで旅していると、必ず嵐に出会います。現地の言葉では、サンダーストームといいます。遠くの空に真っ黒な雲が見えてくると、嵐のお出ましです。

雲からは黒い筋が何本も地面に向かって伸びています。それは雨が降っている証拠。暴力的な雨と雷が世界のボスです。嵐の中では、どんなにワイパーを速く動かしても前方はまったく見えません。怖くて路肩にクルマを止めたくなりますが、大きなトレーラーに追突されそうで危険です。

クルマの中なら我慢しますが、山ではさらに厄介です。湿った風を感じたらビバークの準備です。その嵐さえ「仲間」と呼べるミューアは本当にすごい人です。

Henry
David
Thoreau

Words
028

私が死んだのちもハックルベリーは生きている。

（ソロー）

コロナウイルスの世界的蔓延で社会生活はめちゃめちゃになってしまいました。都市は閉鎖され、人々は移動の自由を奪われました。東京オリンピックはじめ、楽しいイベントはすべて中止や延期になりました。経済活動は制限され、人の心はギスギスしました。

もし、ソローが生きていたら、こう言ったのではないでしょうか。

「小さなウイルスひとつでめちゃめちゃになるなんて、人間の文明なんか、やっぱり大したことないな」

コロナが流行しようが、地震がこようが、ハックルベリーは動じることなくきれいな実をつけます。桜はきれいに咲きます。蜂は蜜を集めます。自然ってすごいな、と思いませんか。

John Muir
Words
029

もし、インディアンたちが征服されず、
荒地に押し込められるような残酷な目に遭わなかったら、
どうなっていただろう？
——きっと世界は、今見えているより広かっただろう。

（ミューア）

アメリカ・インディアンには独特の価値観がありました。宇宙の中心に「大いなる神秘」と呼ぶ創造主がいて、この世のすべては「大いなる神秘」が支配している、というのです。この価値観の下では、人も動物も植物もすべて同等と考えられました。そして、土地や空は、人や動物たちすべてが共有するものでした。その考えに逆らう欲望や所有は軽蔑され、長老から処罰を受けました。

一方、白人たちは国土を広げるために、インディアンから土地を購入しようとしました。しかし、インディアンたちには、「土地を売買する」という概念が理解できませんでした。土地（earth）は空と同様、この世に生きている生物、みんなのものだからです。白人たちは品物を渡して土地を買ったつもりになりましたが、インディアンたちは一緒に住むためのお礼をもらったとしか考えませんでした。ここに大きな誤解が生まれました。

アメリカは西部開拓という大義名分を振りかざしてインディアンの社会と価値観を破壊しました。もし、この戦いにインディアンが勝利し、彼らの価値観が「普通」になっていたらどうなっていたでしょう。ぜひ、スティーブン・スピルバーグに映画を撮ってほしいところです。

西部劇のロケ地としても有名なモニュメントバレーは、インディアン居留地のひとつです。そこには観光客が西部劇の衣装を着て記念撮影をする場所があり、ジョン・ウェイン・ポイントと呼ばれています。先祖が殺される映画のロケ地でお金を稼ぐ彼らの行為は、屈辱でしょうか、それとも復讐でしょうか。

ベリーの実

John Muir

Words

030

私たちは自分の中にどれだけ「野生」があるか知る術がない。私たちの祖父の代から数世代遡っただけで、人は狼と同じくらいに野生的だったのに、たった数百年で人間は飼い慣らされてしまった。野生は自然だが、文明は醜く張り詰めている。

（ミューア）

「野生」っていったい何でしょう？　自分で食べものを調達できる能力でしょうか。もし、そうだとすれば、野生的な人間とは猟師か、釣り人でしょうか。意外と、山に入ってきのこや山菜を摘む人が一番、野生的かもしれませんね。

いずれにしても現代人が野生を失っていることは間違いないでしょう。

ぼくが最も感じるのは方向感覚です。自動車のナビやグーグルマップが登場して、すっかり頼るようになってしまいました。今では、知らない街をスタスタ歩くこともできません。そんな能力は必要なくなってしまったのです。「飼い慣らされた」という表現にドキリとします。自分の家にスタスタと帰れない動物は人間だけでしょう。

Henry
David
Thoreau

Words
031

イモムシは獰猛で大食漢だが、
変態してチョウになると、
わずか一、二滴の花の蜜で満足する。
それなのに、人はいつまでもイモムシのように食べ続ける。

（ソロー）

２０１９年に厚生労働省が発表した糖尿病患者は約３３０万人で、５年前の調査から12万人も増えました。人間の体には血糖値が高くなると、素早く肝臓や筋肉に糖質を取り込む危機管理システムが備わっています。それがすい臓から分泌されるインシュリンです。インシュリンがたくさん分泌されれば糖尿病にはなりません。

では、なぜインシュリンは十分に出ないのでしょうか。人間は誕生以来、食べ物探しに苦労してきました。人類の歴史は飢餓との闘いの歴史でした。ところが、50年ほど前からあり余る食糧が手に入るようになりました。今やおいしいものを好きなだけ食べられます。これは想定外！　血液に糖質が溢れ出るほど食べるとは！　神様もびっくりです。

John Muir

Words

032

山は川や肥沃な土地の水源であるだけではなく、
人間の水源でもある。
山へ入ることは、故郷へ帰ることだ。

（ミューア）

日本の美しさに魅せられて定住したC・W・ニコルさんは、自然破壊への警鐘を鳴らし続けました。特に、「川は国土の血管だ。川を護岸すると国は動脈硬化を起こす」という言葉は強烈でした。

1980年代に宮城県の唐桑半島を中心に広がった「森は海の恋人」運動は、ニコルさんの考えに通じます。牡蠣養殖に従事する漁師たちが、森に植林をするという話です。

一見、海に棲む牡蠣と森は関係がないように思いますが、木が元気に育つ森から流れ出す水にこそ養分が多く、その水を集めた川が海に栄養を供給するというのです。プロジェクトは成功し、牡蠣は生き返りました。森はみんなの故郷です。

John Muir

Words

033

人間にはパンばかりでなく美も必要なのだ。

（ミューア）

ジョン・ミューアの晩年はダム建設との戦いでした。サンフランシスコが大都会になるにつれ、飲み水確保のためにヨセミテにダムを作るという案が何度も持ち上がりました。その度に、彼は必死に抵抗し食い止めてきました。

しかし、１９０６年、サンフランシスコに大地震が発生すると、水不足のために消火活動が遅れ、被害が拡大してしまいました。これをきっかけに世論はダム建設を支持するようになりました。

論争は７年も続きましたが、ついに１９１３年、法案が通りヨセミテ国立公園内のヘッチヘッチーという美しい渓谷がコンクリートで固められました。

ミューアの後半生は輝かしいものでしたが、最後の大仕事は敗北に終わったのです。

Henry
David
Thoreau

Words
034

夜に雪が降ったので、地面はすっかり白く覆われた。
今年はじめての雪で、2インチほどの深さだった。
森の端まで見渡す限り、牛の踏み跡もなく、
子どもたちの足跡も見当たらない。
突然、みんな消えてしまったのだ。

（ソロー）

この一節を読んで、すぐに頭に浮かんだのが、三好達治の有名な詩でした。「太郎を眠らせ　太郎の屋根に雪ふりつむ　次郎を眠らせ　次郎の屋根に雪ふりつむ」。

ぼくも札幌に住んだことがあり、夜に降り積もる雪を経験しています。雪の夜はクルマも人も通らないから、いつもより音がありません。やけに静かな夜だな、と思うと、案の定、次の朝には世界が真っ白に変わっています。窓の下に止めておいたはずの自転車も、隣のアパートの前にあった花壇もすっかり消えてしまいました。まるでお伽話に出てくる魔法のようです。

こんな芸当ができる雪ってすごい！　人間よりもずっと能力がある。ぜひ、友達になりたい！　そう思ってしまいます。

本当の豊かさ

4

Henry David Thoreau

Words

035

私は、この素晴らしい場所を
そのまま自然のなすがままにしておく。
なぜなら、人はそっとしておけるものが多ければ多いほど、
豊かなのだから。

（ソロー）

先日、新聞で衝撃的な記事を読みました。イスラエル・ワイツマン科学研究所のチームがまとめ、イギリスの科学誌「ネイチャー」に発表したものです。それによると、地球上にある建物や道路などの人工物の総重量が、動物や植物など生物の総重量を上回ったというのです。そういうものの重さが計れることにもびっくりですが、何だかもの悲しくなりました。

論文によると、人工物の総重量は20世紀初めには生物の総重量の3％だったそうです。それが20年ごとに倍増し、ついに２０２０年に１・１兆トンで同じ重さになったのです。そして、２０４０年には、２兆トンを超えて生物の２倍になると予想しています。数字を見ていたら、今度は気分が悪くなってきました。

John Muir

Words 036

金を掘るなんて退屈だ。
まともな男ならそんなことに夢中にならないだろう。
人生は金儲けをするには短すぎる。

（ミューア）

カリフォルニアのゴールドラッシュは、１８４８年1月24日にジェームズ・マーシャルという人物が製材所の放水路で金の破片を見つけたことから始まったそうです。こんな詳細が記録されるほどに、それは衝撃的な「発見」だったのでしょう。

このニュースを聞きつけ、幌馬車や船で30万人がカリフォルニアに殺到しました。当時、サンフランシスコの人口はたったの２００人。それが金に目が眩んだ人々によって瞬く間に膨張しました。ミューアには正気を失った町に見えました。

現代社会にも、毎日せっせと金の粒を集めることに腐心する人たちは大勢います。

Henry
David
Thoreau

Words
037

あなたは泥炭を掘る重労働を請け負い、
分厚い長履と丈夫な衣服を買った。
たちまち汚れ、擦り切れてしまうのに。
私の靴や衣服は半値なのに、
あなたは私を羨ましく思っている。

（ソロー）

アイルランド人の移民は19世紀に入って急速に増加しました。ジャガイモ飢饉が起こったからです。遅れてきたアイルランド人は差別され、鉄道工事という辛い仕事を押しつけられました。しかし、彼らは大好きな故郷の歌を歌って我慢しました。鉄道とともに西に進んだ彼らの歌は、カントリーやブルーグラスという音楽になりました。

泥炭掘りは、アイルランド人たちが押しつけられたもうひとつの辛い仕事です。ぼくはアイルランドに取材に行ったとき泥炭を見学しましたが、粘質の高い特殊な環境でした。そこで仕事をするためには、丈夫なブーツや上着がどうしても必要だったのでしょう。一方のソローは、気ままな格好をしています。アイルランド人にしてみれば、ホワイトカラーのように見えたようです。

ところで、アイルランド人が身につけているブーツと上着は、現代の革靴と高級スーツそのものではありませんか。ときどきビジネススーツの人ばかりの集まりにジーンズとアロハシャツで紛れ込むと、変な目で見られます。でも、なかには羨ましそうな目をする人もいます。

余談ですが、東から西へ進む鉄道工事をアイルランド人が請け負ったように、西から東へ進む鉄道工事は中国人が請け負いました。彼らは、中華料理を東へ東へと伝えました。中西部の小さな町にも中華料理店が必ずあるのはそのためです。

人間とどっちが偉い？

John Muir

Words

038

私は百万長者になるチャンスがあった。
しかし、あえて放浪者の道を選んだ。

（ミューア）

ジョン・ミューアは22歳のとき、友人に誘われて大きな町で開かれる「農業フェア」に自分の発明品を出展することにしました。宗教と質素な農業にしか興味のない敬虔な父親はそんなところに行くことすら大反対でした。

ところが、彼の作品は大好評。新聞で大きく取り上げられ、審査員から特別奨励金まで授与されました。それをきっかけに割りのいい仕事が何度もオファーされました。しかし、なぜかジョンの心は満たされませんでした。彼は短期間で仕事を辞め、何かを探しに出かけます。

22歳といえば、日本では大学を出て就職をする年齢です。いい会社に就職すれば、安定した人生が送れます。10人いれば9人は就職を選ぶでしょう。しかし、それがすべてではありません。ジョンは仕事を辞めてから数年後にヨセミテに入ります。

Henry
David
Thoreau

Words
039

朝は早起きして湖で沐浴した。
それは私の日課のなかで、
最も素晴らしいもののひとつだった。
言葉で記録することのできない豊かな孤独だ。

（ソロー）

ぼくの初めての海外旅行はインドへの一人旅でした。カルカッタ空港に降りたときの衝撃、いわゆるカルチャーショックは強烈でした。物乞いたちがぼくの足にまといつき、何でもかんでも売りつけようと男たちが群がりました。たまたま飛行機で隣の席になった同じ歳の大学生は、「オレはもう旅を続けられない」と言って（たった半日で旅もないものですが）、翌朝、ＪＡＬの支店に帰国のチケットを買いに行ったほどです。

商品に値札がついてないので、バナナ一本を買うのにも苦労しました。日本人旅行者はボラれていると信じ、さんざん値段交渉をしてようやく買って計算すると、わずか２、３円のために15分以上やりあっていたことを知ってぐったりしました。

ようやく旅行が楽しくなったのは、彼らが「売りつけようとしている」のではなく、「生きるために必死なんだ」と思えるようになってからでした。とてつもなく長くかかった気がしますが、多分、２、３日くらいのことだったのでしょう。

それからは急速にインド人や彼らの価値観が好きになり、8回もリピートしてしまいました。ぼくの旅の原点は、実はインドにあるのです。

インドのなかでも大好きな場所のひとつがヴァーラーナシーです。ガンジス川が流れる聖地で、夜明けとともに沐浴をする人たちが集まります。彼らと一緒にガンジス川に入り、水を浴びながら迎える朝日は言葉にできない美しさでした。

マンモスレイク

Henry
David
Thoreau

Words
040

インディアンはカゴを編み上げ、
「自分の仕事は終わった、次は白人がカゴを買う番だ」と
考えた。弁護士に、「カゴを買いませんか」と言うと、
弁護士は「いらないよ」と断わった。
インディアンは叫んだ。
「何を考えているんだ！　私に飢え死にしろっていうのか！」

（ソロー）

みなさんは、インディアンの言い分と弁護士の言い分のどちらが正しいと思いますか。正しいも何も、必要じゃないカゴを買うわけがない、と思うでしょうね。それが資本主義では当然の考え方です。

しかし、インディアンの社会ではそうは考えません。自分の仕事はカゴを作ること。弁護士は裕福ですから、自分のカゴを買うのが勤め。それで社会はスムーズに回るというわけです。

白人はインディアンに自分たちの価値観を押しつけました。彼らの世界観を否定し、言葉を奪いました。日本人はアイヌに対して同じことをしました。中国人はウイグルに対して同じことをしようとしています。

資本主義ってそんなに立派なのでしょうか。

John
Muir
Words
041

毒ガスが仕掛けられた井戸に落ちて、
私は危うく命を落としそうになった。
助かる手段は何もないかのように思われた。
はっと気がつくと、そこは人々が必死に働き、たむろし、
稼いだ金を浪費する町の雑踏、
商売と悦楽のたまり場だった。

（ミューア）

マイク・ニコルズ監督の「卒業」の冒頭のシーン。東部の大学を卒業した主人公ベンが、カリフォルニアの実家に戻ってきます。彼は自分がやりたいことが見つからず、仕事を探そうともしません。そんなとき、父親の友人がベンをそっと呼び寄せて耳打ちします。

「ベン、覚えておいたほうがいい。これからはプラスチックの時代だ」

映画が公開されたのは１９６７年。このセリフは、見事にその後の世界を言い当てました。

プラスチックは安価で軽量、どんな形にも大きさにも成形できる魔法の素材でした。生活の隅々に入り込み、暮らしを豊かにしました。プラスチックがなかったら、これほどの経済発展はなかったでしょう。

しかし、容易に融解しないというプラスチックの強みが弱点になりました。打ち捨てられたプラスチックが細かく砕かれて海中を漂っているのです。海洋プラスチック問題です。プラスチックを体内に取り込んだ魚が、すでに人間の食卓に上がっています。それだけではありません。マイクロ・プラスチックは空気中にも飛び始めているというのです。いつかマスクなしには生きていけない世の中になるかもしれません。まさに21世紀の毒ガスです。

これは目先の利益ばかりを追求した世の中へのしっぺ返しと言えないでしょうか。でも、賢い人間のことですから、最初からこうなることは分かっていたのかもしれません。原発から出る放射性廃棄物も然りです。そう考えると恐ろしいですね。これから増える電気自動車の廃バッテリーは、いったいどうするのでしょう?

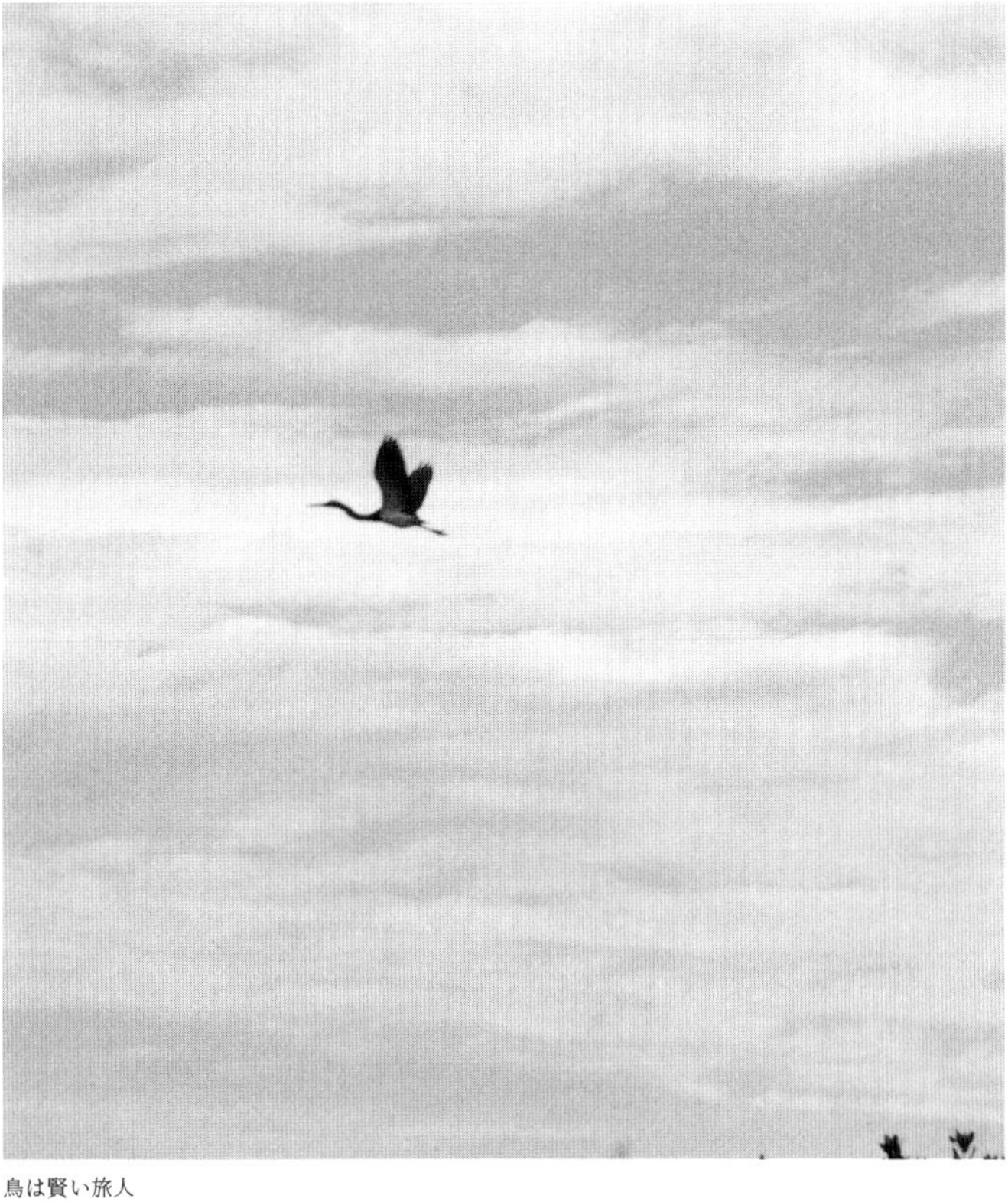

鳥は賢い旅人

John Muir
Words
042

もし、私が長い時間見つめ、
かしずくことがなかったら、
おそらく山々はその表情を輝かせることは
なかったし、何も感じさせなかったに違いない。
山々はそれほど偉大で大きい。

（ミューア）

ぼくが好きな話を聞いてください。ヨーロッパの小さな町で質素な暮らしを送る婦人が、ある日、一枚の絵を買って部屋に飾りました。すると30年後にそれが著名な画家の作品であることが判明し、数千万円の価値があると鑑定されたというのです。その夫人は、なんと素晴らしい審美眼を持っていたのでしょう。

いくら価値のある美術品の前に立っても、謙虚に心を開かなければ美しさを感じることはできません。自然の素晴らしさも同様です。同じ山を見ても、感動する人と何も感じない人がいます。素直に感動できる人は幸せです。

逆に、山の中腹に作られたゴルフ場やスキー場を見ると、ぼくは悲しい気持ちになります。それが山肌に刃物を突き刺して抉った醜い傷にしか見えないからです。だから、ぼくはゴルフもスキーもやりません。

終章

東西の聖人、その足跡

ヘンリー・ソローの人生

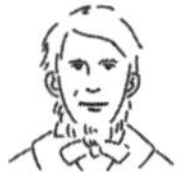

Life of
Henry David Thoreau

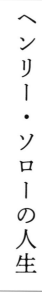

協調性のない子供

ヘンリー・デイヴィッド・ソローは、1817年、マサチューセッツ州コンコードに生まれた。コンコードはボストンから約40キロ離れた町（当時の人口約2000人、現在2万人）で、アメリカ独立戦争の口火となったレキシントン・コンコードの戦いで知られる。また、「若草物語」のルイーザ・メイ・オルコットもこの町の出身である。

父ジョンは寡黙だが音楽が好きで、ソローも父に倣ってフルートを演奏した。母シンシアは社会活動に熱心で、コンコード奴隷制度廃止婦人協会の創立メンバーとなった。兄のジョンは社交的な性格で、ソローの理解者だった。姉のヘレナと妹ソフィアは、ともに音楽と絵画の先生になった。家族6人は仲がよかったが、子供たちは誰も結婚しなかった。

現在のコンコードの町

ソローは地元のコンコード・アカデミー学院で学んだが、協調性がない子であだ名は「判事」だった。

1833年、ハーバード大学に入学。厳格な寮生活を送り、図書館で英国詩人やロマン派の作家を読み耽った。緑のコートを羽織り、「もの思いが彼を覆っていた」と、後に友人が証言している。

大学を卒業したソローはコンコード教育委員会に雇われ、小学校の教員になる。しかし、生徒への体罰を強要され、2週間で辞職してしまう。彼には、子供を殴ることが耐えられなかった。

この頃、彼はデイヴィッド・ヘンリー・ソローからヘンリー・デイヴィッド・ソローへ改名した。「家族がヘンリーと呼んでいたから」というのが理由だったが、周囲の人には理解不能だった。次第に「変人」のレッテルを張られるようになる。

引き続き教師の職を探すが、仕事が見つからず、父が経営する鉛筆工場の手伝いを始めた。当時はドイツ製の鉛筆が主流で、アメリカ製は砂っぽく折れやすい欠点があった。そこでソローは黒鉛を擦り潰す機械を考案し、ドイツの粘土と混ぜたところ品質がアップしヒット商品となった。ところが、ソローは鉛筆工場の仕事に興味を持てず、教職にこだわって職を探したが、どこからもいい返事は得られなかった。

人生の師、エマーソンとの出会い

ラルフ・ワルド・エマーソンはハーバード大学卒業後に教師、牧師の仕事を経て、思想家となった人物。ヨーロッパに渡ってワーズワース、カーライルらと親交を持ち、帰国後、独自の超越主義を唱えて名を馳せていた。

ソローはエマーソン初の著作『自然』を図書館で借り、貪るように読んで衝撃を受けていた。つまり、ソローにとって憧れの人であった。

そのエマーソンがコンコードに移り住んできたのだった。ソローがエマーソンと親しくなったのは1837年、ソローが20歳のときだった。エマーソンは自宅にある膨大な個人蔵書を開放していて、ソローはそこに入り浸るようになった。エマーソンの家には国内外の信奉者がひっきりなしに訪ねてきた。ソローはそこに同席し、多大な影響を受けていった。

エマーソンはソローを同輩として扱ったが、周囲には「ソローはエマーソンの果樹園からリンゴを盗もうとしている」と、妬む輩もいた。話し方すら真似ているという非難もあったという。

相変わらず仕事が見つからないソローに、エマーソンは執筆の仕事を紹介する。初めて新聞に記事が載り、コンコード文化協会で講演も行った。さらに、「君は日記をつけているのかい？」と指南され、著述家へと導かれていく。日記、講演用原稿、著作という流れは、エマーソン自身が実践していた手法だった。

１８３８年、就職を断念したソローは、自ら学校を開校した。最初の生徒は４人だったが、後に25人に増え、教師をしていた兄のジョンが勤めを辞めて家に戻り、一緒に経営をすることになった。

学校はまかない付きの寄宿制で、ジョンが諸学科を教え、ソローがラテン語、ギリシャ語、自然哲学などを担当した。自然哲学の授業では、森や草原に出かけ、カヌーに乗って自然観察をする課題もあった。学校の評判は悪くなかったが、経営的に行き詰まり、１８４１年に閉校してしまった。

この間に、ソローとジョンは手作りの船で旅に出ている。川沿いに進みテントを張って自炊する素朴なキャンプ旅行だった。これが後に「コンコード川とメリマック川の一週間」としてまとめられ、ソローの最初の著書となる。

また、兄弟は同じ女性に恋をしたことがあった。知り合いの家の娘で、先にジョンが求婚して断られ、ソローも手紙で告白したが恋は実を結ばなかった。

以来、ソローには友情、敬愛を寄せる女性はいても、恋人と呼べる相手は現れなかった。周囲からは「女嫌い」「結婚しない男」と見られるようになった。

執筆活動に活路を求めるが……

学校を経営しながら、ソローは細々と執筆活動も行っていた。１８４０年から季刊誌「ダイヤル」に詩や評論を寄稿するが、結局、原稿料さえもらえずに雑誌は終刊となってしまった。また、「自由の使者」という新聞に奴隷制廃止に賛同する記事を載せたが、どれも単発だった。

１８４２年１月、悲しい出来事が起こる。ジョンがちょっとした指のケガから破傷風を発症し、亡くなってしまったのだ。最後まで側に付き添って看病をしたソローは大きなショックを受けた。数少ない理解者を失い、ソローは塞ぎ込み、寝込んでしまった。

傷心のソローに手を差し伸べたのは、またしてもエマーソンだった。ソローは、エマーソンの家に同居し、菜園の世話や暖炉の掃除、子供たちの遊び相手などをして傷心を癒した。

1843年には、エマーソンの兄の子供の家庭教師としてニューヨークのスタテン島に移った。すでに作家として自立したいという気持ちも芽生え、大都市で活躍する編集者や活動家を訪ねたりもした。

しかし、肺結核の予兆で体調を崩したうえ、子供たちとの折り合いも悪かった。振り返れば、都会での生活が性に合わなかったのだろう。結局、半年後に講演の依頼でコンコードに帰ると、そのままニューヨークに戻ることはなかった。

一方、実家の鉛筆工場は業績を伸ばしていた。鉛と粘土の調合を研究して開発した製図用の鉛筆が好評だったのだ。1844年には、家を建て変える蓄えもできた。このときばかりはとソローも手腕を発揮し、家づくりに貢献した。

ウォールデン湖のほとりで森の生活を始める

以前から「神々が自分に授けてくれた生活をしてみたい」と考えていたソローに、またとない話が舞い込んできた。コンコードの町から1・6キロほど離れたウォールデン湖の岸辺の土地をエマーソンが購入したのだった。湖の周囲の森を伐採から守ることが目的だったが、機会があれば湖畔に田舎風の書斎を建てたいという構想もあった。

「コンコード川とメリマック川の一週間」の執筆に取り組んでいたソローは、自分が小屋を建てさせてもらえないかとエマーソンに頼み込み了承を得た。

後に、ウォールデン湖に住んだ理由を聞かれ、「思慮深く生き、人生の本質的な事実のみに直面し、人生が教えてくれるものを自分が学びとれるか確かめてみ

ウォールデン湖は現在、レクリエーション施設になっている

たかったから」と、彼は答えている。

こうして、1845年、ソローはウォールデン湖のほとりに立った。

3月末、ソローは友人から借りた斧で必要な木を切り、材木を作った。そして、アイルランド人の鉄道労働者から古い小屋を買い取って建材とした。なお、「森の生活」にたびたび登場するフィッチバーク鉄道は、ウォールデン湖の西側をかすめる単線で、今も利用されている。

5月にはエマーソンはじめ友人たちが集まり、棟上げが行われた。その後、屋根を張り、漆喰を塗った。屋根裏部屋と暖炉を作り、窓は両側にひとつずつ、他に薪を濡らさないための小屋、屋外トイレがあった。シャワーはなく、湖がその代わりだった。

ベッド、テーブル、机、椅子三脚など、家具の多くも手作りだった。そのほかにあるのは、やかんや鍋、カップ、スプーンなど最小限のものだけだった。

藪を開拓して畑を耕し、自給するためにトウモロコシ、エンドウ豆、カブを植え、換金用にインゲン豆とジャガイモの種をまいた。引越しは7月4日、干し草を運ぶ荷車で行われた。

生前に残した著作は2冊だけだった

森の生活は、決して寂しいものではなかった。毎日のように友人が様子を見にやってきた。週末には、姉妹や母親がパイやドーナツを差し入れに来たことも記録されている。また、エマーソンはじめ、何組かの家族がソローを夕食に招いてくれた。

ときには、町でガーデナー、塗装、大工、測量などを請負って報酬を得た。そういう意味では、町にいたときとまったく違う環境というわけではなかった。

しかし、心の中は劇的に変化した。

日課としての瞑想、思索、畑の手入れ。鳥や小動物、虫たちとの生活。朝日、星、風、雨と触れ合う暮らし。心は大きく開かれ、創造力が広がった。そして、多くの言葉が紡がれていった。


平穏そのものの生活に、ある事件が起きた。修理に出した靴を町に取りにいったときのことだった。税金を払っていないとして、突然、逮捕されてしまったのだ。捕らえた役人は、「金がないなら代わりに払ってやろうか」と言ったが、ソローは「奴隷制度にもメキシコ戦争にも反対だ。政府になんか金を払いたくない」とつっぱねた。そして、一晩、留置所に入れられてしまった。

翌日、家族が金を払って釈放となったが、ソローは「納得がいかない。出たくない」と不服従、無暴力抵抗を押し通そうとした。結局、留置所からは追い出されてしまうが、この事件が「市民的不服従」を著すきっかけとなったと言われている。

また、当時は黒人たちを南部からカナダへ脱出させる「地下鉄道」という秘密組織があった。ソローや彼の母親も組織を支援しており、湖畔の小屋がその基地になっていたとする説もあるが真偽は定かではない。

１８４７年夏、エマーソンは長いイギリスに講演旅行に出る決心をした。しかし、彼の妻リディアンは病気がちで、彼はそれが心配だった。そのとき、リディアンが、気心の知れたソローに来てもらおうと提案したのだった。ソローは、その提案を快諾した。すでに「コンコード川とメリマック川の一週間」は書き終え、それに続く作品も草稿が出来上がっていた。

９月９日、ソローはウォールデン湖を去った。「来たときと同じように、去る理由があった」と彼は書き残している。

１８４９年に「コンコード川とメリマック川の一週間」、１８５４年に『ウォー

ルデン 森の生活』が出版されたが大きな話題にはならなかった。彼は「森の生活」の草稿を元に講演活動を継続したが、1861年に体調が悪化し、翌年、結核で夭折した。44歳だった。

生前に出版された本は2冊だけ。『ウォールデン 森の生活』は死後すぐに注目されたが、本格的にアメリカ文学の傑作と認められるのは、死後70年も経った1930年代のことだった。

ジョン・ミューアの人生

Life of John Muir

スコットランドからウィスコンシンへ

ジョン・ミューアは、１８３８年、スコットランドの小さな港町ダンバーで生まれた。８人きょうだいの上から3番目で長男だった。

幼少期のミューアは活発でやんちゃな子で、近所の牧場や海に出かけては、よく遊んだ。また、祖父によくなつき、機械いじりや勉強を教えてもらった。何事にも好奇心を持つ性格は子供の頃に育まれたようだ。

明るく音楽が絶えない家庭だったが、あるときからがらっと雰囲気が変わった。父のダニエルが原始キリスト教への回帰を唱えるディサイブル教会に入信し、狂信的といえるほどに自身を捧げたのだった。その結果、家の中は静まりかえり、華美なものは一切消えた。そして、父は鞭打ちによって子供たちを厳しく教育するようになった。

ある日、父が突然、「明日、アメリカに行く」と宣言した。ミューアが11歳のときだった。あまりに唐突だったが、父に逆らうことはできなかった。アイルランドのジャガイモ飢饉、カリフォルニアのゴールドラッシュ、鉄道施設の労働力希求とアメリカへの移民が急増した時代だった。ミューアたちは満杯の船に乗り込み、新天地へと向かった。

一家はウィスコンシン州のバッファロー・タウンシップという町に80エーカー（約9万8000坪）の土地を買って入植した。スコットランドにはなかった美しい自然にミューアは心を奪われた。そして、毎日、森の中を冒険して歩いたのだった。

翌春になると、子供たちには畑仕事が割り当てられた。長男のミューアは1日14時間も働く毎日だった。一方の父は説教活動に熱を入れるばかりで、家族にも一日一食の質素な生活を強いた。そんな父にミューアは次第に反発するようになっていく。

ミューアが熱中したのは読書と発明だった。近隣の仲間と本を貸し合い、深夜にこっそりと読み耽った。また、水力で動くのこぎりや温度計、気圧計、水流計などを作った。その才能は家族や周囲の人たちを驚かせた。

１８６０年、ミューアは初めて汽車に乗った。州都マディソンで開かれる農業フェアに発明品を出品するためだった。ミューアの作品はコンテストで奨励賞を獲得し、ある事業主からスカウトされた。しかし、数カ月働いたものの、仕事にやりがいを見出せずに辞めてしまった。

ミューアの次の目標は大学で学ぶことだった。自己流の研究ではなく、しっかりとした教育を受けたいと考えたのだ。しかし、入学するにもお金がない。彼はウィスコンシン大学の学生部長に会いにいき、自分の気持ちを喋りまくった。すると、その熱意が通じたのか、特例としての入学が認められたのだった。今ではおよそ考えられない話だった。

アマゾン川を筏で下る大冒険を夢想

大学に通い始めるとすぐに、大切な人との出会いがあった。エズラ・カー教授と夫人のジーンだった。特にカー夫人はミューアの自然に対する情熱や知識に感銘を受けた。そして、自宅の書斎を開放し、自由に本を読ませてくれた。そのなかにはエマーソンの『自然/Nature』や、ソローの『ウォールデン 森の生活』が含まれていた。

カー夫妻の援助と助言は生涯に渡って継続した。夫妻とミューアの関係は、エマーソンとソローの関係に匹敵するものだった。

ミューアは大学で学びつつ、独自の植物採集を続けていた。当初は近隣の州に出かけていたが、彼の好奇心はそれでは収まらなかった。

彼はカナダに入り、数カ月放浪しながら植物採集を続けた。オンタリオ州、ニューヨーク、インディアナポリスと進むなかで、ときおり工場で技術者として働き、旅の資金を貯めることもあった。

そんなある日、大きな事故に見舞われてしまう。作業中のヤスリが右目に入って大ケガを負ったうえ、そのショックで左目の視力まで失ってしまったのだ。ミューアは1カ月の入院を強いられ、療養に努めた。そして、その間、壮大な旅の計画を夢想した。フロリダまで徒歩で行き、船でベネズエラに渡り、オリノコ川を遡ってアマゾン源流へ。そこで筏を作ってアマゾン川を大西洋まで下る、というものだった。こんな大冒険は現代でも困難だろう。

視力が回復すると、彼は一度、ウィスコンシンの家に帰り家族に別れを告げた。もう二度と会うことがないかもしれない覚悟の別離だった。

こうして、1867年9月1日、ミューアの長い旅が始まった。食うや食わずの貧しい旅だったが、喜びのほうが遥かに勝った。ミューアは憑かれたように植物採集を続け、38日目にジョージア州の港町サバンナに到着した。すでに金も食糧も尽きていた。クラッカーで飢えを凌ぎながら弟からの送金を待った。

なんとかフロリダに渡り、南米への船を待つ間に、ミューアはマラリアにかかってしまった。高熱によって体力は著しく損なわれたが、夢を諦めずにキューバには渡ったが。しかし、そこからアマゾンはまだまだ遠かった。

旅を続けるべきか葛藤しているときに、入院中に友人が見せてくれたヨセミテ渓谷の観光パンフレットを思い出した。見たこともない植物と山の偉容が脳裏を駆け巡った。ミューアは目的地をカリフォルニアに変更した。

ヨセミテへ。ウィルダネスとの出会い

1868年3月、ミューアはサンフランシスコに到着した。ゴールドラッシュを機に発展したサンフランシスコは、人口15万人の大都市だった。大陸横断鉄道の開通を翌年にひかえ、町は産業、商業、金儲けに酔っていた。ミューアは町の雰囲気に嫌悪感を催し、すぐにヨセミテを目指して歩き出した。そこで彼を迎えたのは4000メートル級の堂々たる山々だった。

ミューアはセコイアの森でガレン・クラークに会った。金鉱を探してヨセミテに来て、そのまま居ついた人物だった。彼は森を守ることを自分の人生と決め、世界初の公園監視官に任命されていた。ミューアは彼の案内で森を歩き、その素晴らしさに心を打たれた。

ミューアは自然に触れるため、近くの牧場で働き始めた。すると、翌年、羊の

ホイットニー山を目指すハイロー。一番奥に見えるピークが山頂

ヨセミテ滝が見える国立公園の中心地

セコイアの巨木。樹齢 2700 年

放牧のために、山の牧草地に入るチャンスが巡ってきた。３カ月間のキャラバンだった。ミューアはこうして初めてトゥオルミー草原に滞在した。彼は美しい草原を歩き、山の中を彷徨った。そして、ウィルダネス（大自然）の魔力に囚われていった。

ミューアは山の中で暮らしたいと考え、ヨセミテ渓谷にあるハッチング・ホテルに雇ってもらった。ホテルとはいっても名ばかりで、設備も整わない山小屋だった。経営者のハッチングはサンフランシスコ出身の元ジャーナリストで、ヨセミテの素晴らしさを雑誌に紹介するうちに住み着いたのだった。

ヨセミテは１８６４年に州立公園に指定され、観光地として注目され始めていた。ハッチング・ホテルにも夏の間は宿泊客が多くやってきた。

ハッチングにとってミューアは便利な男だった。建物の修繕もできるし、畑の面倒もみることができた。暖炉の薪を製材することもお手の物だった。一方のミューアは仕事が片づいた後は、自由に植物採取や地質研究に時間を費やした。ふたりは持ちつ持たれつの関係を築いた。

ホイットニーとの論争で注目される

ハッチング・ホテルで研究を重ねるうち、ミューアはヨセミテ渓谷を形成する花崗岩に共通の筋があることを発見した。筋はすべて北東から南西に向かってついている。これは氷河の移動によって巨大な渓谷が形成されたことを意味している、と彼は考えた。

ミューアは、どんなときも手紙のやりとりを続けていたカー夫人に自分の説を伝えた。その頃、夫妻は仕事の関係でカリフォルニアのオークランドに移り、研究のための本や雑誌をミューアに送り続けていたのだった。

夫人は、自分の学説を新聞に発表するよう、ミューアに助言した。というのも、当時、ヨセミテ渓谷は地震による地殻変動で作られたと考えられていたからだった。

論敵はハーバード大学地質局長のジョシュア・ホイットニーだった。ボストンの権威はプライドが高かった。ミューアの氷河仮説が新聞に載ると、「無学のアマチュア」とミューアを扱き下ろした。論戦は白熱し両者は一歩も譲らなかった。結局、ミューア説が正しいと結論が出たのは、なんと60年後の１９３０年だった。

それにしても、ホイットニーの名を冠した４４１８メートルの北米最高峰（アラスカを除く）が、ジョン・ミューア・トレイルの南端にあるのは皮肉である。

ホイットニーとの論戦によってミューアの名は世に知られた。さらに大陸横断鉄道が開通したこともあり、東部の著名人がミューアを訪ねてくるようになった。そのひとりが、エマーソンだった。

ミューアにとってエマーソンは憧れの人だった。ミューアがヨセミテに対する愛情をえんえんと語ると、エマーソンはうれしそうに頷いたという。しかし、ミューアがキャンプに誘うと、取り巻きの弟子たちが即座に反対した。エマーソンはすでに68歳、体に負担のかかることは許可できないというのだった。ふたりは本物のウィルダネスを共有できないまま、一度だけの対面を終えてしまった。

ナチュラリストとして国立公園制定に尽力

1873年、ミューアはさらにシエラネバダの研究を本格化させ、2カ月に及ぶ1600キロの全域踏破を達成した。このときに、初めてホイットニー山の登頂も果たしている。

そして、人間が山の奥地にまで入りこみ、セコイアを伐採している事実を目の当たりにした。切り株を見ると樹齢2300年を超える木もあった。しかも、森は個人にどんどん売却されている。このままでは、ウィルダネスは消滅してしまう……。

危機感を募らせたミューアは、研究者からナチュラリストへ方向転換していく。それまで消極的だった新聞や雑誌への寄稿を増やし、初めての講演も行った。そして、森を守る法案を成立させるよう嘆願書も出した。こうした活動は、カー夫妻はじめ知人、友人たちに支えられたものだった。

1889年、ミューアのもとをロバート・アンダーウッド・ジョンソンが訪れた。彼はニューヨークの有力誌「センチュリー」の編集者だった。自らナチュラリストを自認するジョンソンは、国立公園法を確立させたいという希望を持っていた。そのために、影響力のあるミューアと手を組みたいというのだった。

ふたりの作戦は、ミューアがセンチュリー誌に記事を書き、それに合わせてジョンソンがロビー活動を行って法案を提出するというものだった。この作戦は見事に功を奏した。

1890年10月1日、ついにヨセミテが国立公園として認められた。世界で初めて、「自然保護」という観点から認められた国立公園だった。15年に及ぶミューアの自然保護活動の集大成でもあった。

1892年、世界初の自然保護団体「シエラクラブ」が発足、ミューアは初代会長に就任した。シエラクラブの活動は、個人で行う活動の何倍も影響力があった。ミューアとシエラクラブは政治に関与し、自然保護に関する存在感を増していった。その象徴がセオドア・ルーズベルト大統領との親交だった。

1901年に就任したルーズベルト大統領は42歳と若く、自然を愛する男だった。大統領は憧れのヨセミテをミューアに案内してほしい、と打診してきた。こうして、ふたりだけで過ごした3泊4日の歴史に残るヨセミテ・キャンプが実現したのだった。ふたりの友情は長く続き、ルーズベルトは在任中に5つの国立公園を成立させた。

渓谷を守りたい。命をかけた最後の闘い

ミューアが取り組んだ最後の大仕事は、ヨセミテをダム工事から守ることだった。サンフランシスコが大都会になるにつれ水と電力が足りなくなり、ヨセミテ国立公園内のヘッチヘッチーという渓谷にダムを建設するという構想は何度も上がっていた。その度にミューアとシエラクラブは、政治力を発揮して抑え込んできたという経緯があった。

しかし、1906年にサンフランシスコを襲った大地震の際、水不足のために消火活動が遅れるという事態が発生した。これによって世論はダム建設支持に傾

いていく。

ヘッチヘッチーは、特にミューアが愛した場所だった。美しい花々が咲き、動物たちが暮らす渓谷を醜いダムから守る。それは文字どおり命をかけた最後の闘いとなった。

しかし、7年に及んだ闘いは、1912年にダム建設賛成派のウッドロー・ウイルソンが大統領に就任することで大勢が決してしまった。「法案が成立したら、私は楽になる。なぜなら、その瞬間に私の命は終わるから」と、ミューアは言った。1913年12月、ダム建設を認める法案が成立。ミューアはそのちょうど1年後に肺炎のためこの世を去った。

最後の闘いには敗れはしたが、彼の残した自然保護の思想は世界中に広がり、多くの人に影響を与え続けている。

History of Henry David Thoreau & John Muir & The United States

	ヘンリー・ソロー	ジョン・ミューア	アメリカの出来事
1817	・マサチューセッツ州コンコードに生まれる		
1819			・スペインからフロリダを購入 フロンティアの誕生
1830			・インディアン移住法
1830年代			・イギリスから鉄道の技術が伝わり、鉄道網の整備が始まる
1833	・ハーバード大学入学		
1836			・エマーソン「自然/Nature」刊行
1837	・エマーソン(34歳)と親しくなる		
1838	・学校を開校	・スコットランドのダンバーで生まれる	
1839	・兄とカヌーで1週間のキャンプ旅行に出る(22歳)		
1840年代			・ヨーロッパから多様な移民が押し寄せる 西部開拓の気運が高まる
1840			
1842	・兄を亡くす(24歳)		

1845	・ウォールデン湖の湖畔に住み始める（27歳）		・テキサスを併合
1846			・オレゴンを併合
1847	・ウォールデン湖を去る（30歳）		
1848	・この頃から、測量、講演、エッセイの執筆を仕事とする		・ゴールドラッシュが起こる
1849	・「コンコード川とメリマック川の一週間」刊行（31歳）「市民的不服従」を講演友人とコッド岬へ旅行。その後、計4度訪れる	・アメリカに渡り、ウィスコンシン州に入植（11歳）	
1850	・カナダ旅行。後に「カナダのヤンキー」となる		・１８４８年にスペインから獲得したカリフォルニアが州に昇格
1854	・「ウォールデン森の生活」ティクナー&フィールズ社より刊行（34歳）。２０００部は5年後に売り切れとなる		
1859	・父が亡くなり、家長となる		
1861		・ウィスコンシン大学に入学。カー夫妻と知り合う（22歳）	・リンカーン大統領に就任南北戦争始まる（～１８６５）
1862	・結核のため死去（44歳）		
1863			・奴隷解放宣言
1864	・「メインの森」刊行		
1865	・「コッド岬」「書簡集」刊行		・リンカーン大統領が暗殺される

	ヘンリー・ソロー	ジョン・ミューア	アメリカの出来事
1866	・「カナダのヤンキー」刊行		
1867		・失明事故を乗り越え、徒歩での放浪旅行に出る（29歳）	
1868		・サンフランシスコ経由でヨセミテに入る（30歳）	
1869		・ハッチングス・ホテルで働く（31歳）	・大陸横断鉄道開通
1870		・探索を本格化。ホイットニーとの論争が始まる	
1871		・エマーソン（68歳）がヨセミテに来る（33歳）	・東部で第二次産業革命が起こる
1873		・1600キロに及ぶシエラネバダ全域調査	
1874		・新聞への寄稿、講演など自然保護活動に力を入れる	
1876			・スー族戦争
1877			・クー・クラックス・クランが勃興
1879		・初めてのアラスカ探検（41歳）	
1880		・ルイー・ストレンゼルと結婚（41歳）	
1889		・センチュリー誌にヨセミテの記事を書く（51歳）	
1890		・ヨセミテが国立公園に制定される（52歳）	・ウンデット・ニーの虐殺インディアンとの戦いが終わる
1892		・シエラクラブ設立（54歳）	
1893			・シカゴ万国博覧会

1894		・初めての著書「カリフォルニアの山々」刊行	
1903		・セオドア・ルーズベルト大統領（44歳）とヨセミテキャンプ（65歳）	
1906			・サンフランシスコ大地震発生
1908		・ヘッチヘッチー渓谷のダム建設論争が激化する	
1911	・水島耕一郎の訳による「ウォールデン 森の生活」日本で刊行		・T型フォード発売。モータリゼーション黎明期へ
1913		・ダム建設が認められる（75歳）	
1914		・肺炎のため死去（76歳）	・第一次世界大戦起こる

参考資料

『ヘンリー・ソローの日々』（日本経済評論社）
『ウォールデン 森の生活』（小学館）
『ヘンリー・ソロー 野生の学舎』（みすず書房）
『コンコード川とメリマック川の一週間』（而立書房）
『シンプルに暮らそう！ ソロー「森の生活」』（いそっぷ社）
『ヘンリー・ディヴィッド・ソロー 孤独の愉しみ方』（イースト・プレス）
『森の聖者 自然保護の父 ジョン・ミューア』（山と渓谷社）
『John Muir in His Own Words』（GREAT WEST BOOKS）
『WILDERNESS ESSAYS』（GIBBS SMITH）

あとがき

ソローとミューアは「森の聖人」と呼ばれています。しかし、ふたりは天才だったわけでも完璧だったわけでもありません。

ソローは町で変人扱いされ、きちんとした定職にも就けませんでした。生前に刊行した本は2冊だけ。当時はどちらも話題にすらなりませんでした。彼の人生は、どこか画家のヴィンセント・ヴァン・ゴッホに似ている気がします。

ミューアは50歳以降に名声を得ますが、金銭的な裕福さとは無縁でした。そして、命を賭けた最後の仕事、ヨセミテ国立公園内のダム建設阻止の闘いは敗北に終わっています。

資本主義、物質主義のなかではマイノリティだったソローとミューアですが、ふたりは決して変人でも敗者でもありません。別の価値観で見つめれば、とても豊かな人生だったと言えます。

ふたりの言葉は21世紀に読み直される価値があり、むしろ今だからこそ共感できる部分が多いはずです。

これまで素晴らしい翻訳でふたりの著作、評伝を楽しんできましたが、今回は原文にも当たり自分の解釈で原稿を作りました。

ときどきこの本を開いて、心に届く言葉を見つけていただければ幸いです。

海浜幕張にて

牧野森太郎

牧野 森太郎（Shintaro Makino）

1959年、東京生まれ。北海道大学農学部卒。自動車雑誌、釣り雑誌、インテリア雑誌の編集長を経て、現在フリーランス。20歳代のころのインド旅行を機に旅の素晴らしさに魅せられる。40歳を過ぎて「放浪キャンプ」をテーマにアメリカ国立公園を巡る。著書に『アメリカ　国立公園　絶景・大自然の旅〈私のとっておき〉シリーズ34』（小社／刊）がある。デルタ航空機内誌「sky」に掲載されたジョン・ミューア・トレイルの旅の記録、「カリフォルニア・ロングトレイル　アウトドアの聖地を行く」が2020年「カリフォルニア観光局メディアアンバサダー大賞スポーツ部門」で最優秀賞受賞。

著者　牧野 森太郎（文・写真）
デザイン　ohmae-d
イラスト　柿崎サラ
編集　松本貴子（産業編集センター）

自分自身を生きるには
森の聖人ソローとミューアの言葉

2021年5月21日　第1刷発行

発行／株式会社産業編集センター
〒112-0011
東京都文京区千石4丁目39番17号
TEL 03-5395-6133 FAX 03-5395-5320

印刷・製本／萩原印刷株式会社

© 2021 Shintaro Makino Printed in Japan

ISBN978-4-86311-299-5 C0095

本書掲載の文章・写真・イラストを無断で転用することを禁じます。
乱丁・落丁本はお取り替えいたします。